Como un profesional

El baloncesto

Karen Durrie

AV2 SPANISH

www.av2books.com

AV2 SPANISH

Step 1
Go to **www.av2books.com**

Step 2
Enter this unique code
AVL46322

Step 3
Explore your interactive eBook!

AV2 Spanish is optimized for use on any device

Media Enhanced Book
Every hardcover Spanish title comes with two free eBooks for a complete bilingual experience

AV2 Page Controls
An intuitive design allows users to go back and forth through the pages in their selected language

Language Toggle
Users can toggle between Spanish and English to learn the vocabulary of both languages

View new titles and product videos at www.av2books.com

Como un profesional

El baloncesto

Contenidos

Me encanta el baloncesto. Hoy voy a jugar baloncesto.

El baloncesto se inventó hace más de 100 años.

Me visto para
jugar baloncesto.
Me pongo mi
camiseta roja.

Como un profesional

Los jugadores de un equipo tienen el mismo color de camiseta.

Me pongo pantalones cortos y zapatillas con suela de goma.

Como un profesional

Cuando juego,
tengo calor.
Mi ropa me
mantiene fresco.

Tengo un balón de baloncesto. Es redondo, anaranjado y rebota mucho.

Los balones de baloncesto tienen una bolsa de goma adentro.

Me encuentro con mis amigos en la cancha de baloncesto. Somos un equipo.

Como un profesional

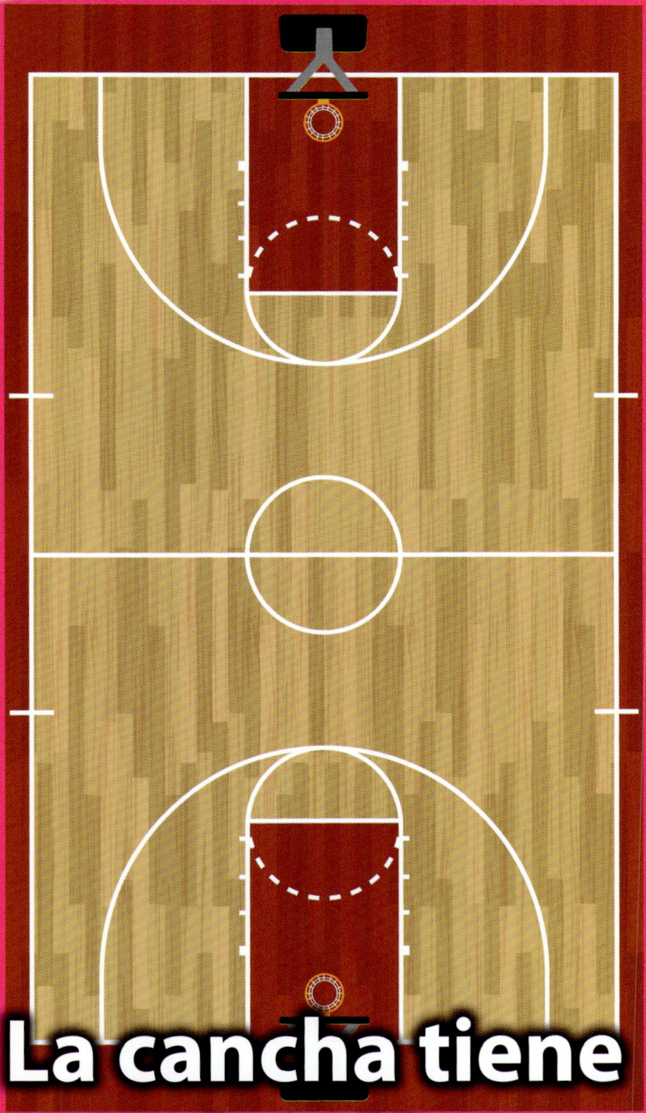

La cancha tiene muchas líneas y círculos.

Comienza el juego.
Hago rebotar el balón y
se lo paso a mi equipo.

Como un profesional

Hacer rebotar el balón mientras me muevo se llama driblar.

Corro rápido.
El otro equipo trata
de conseguir el balón.

Como un profesional

No puedo chocar ni empujar a otro jugador para quitarle el balón.

Lanzo el balón
al cesto.
El balón entra.
Mi equipo festeja.

Como un profesional

Algunos jugadores son muy altos. Uno de los más altos mide 7´4" (2,25 metros).

Me encanta el baloncesto.

DATOS SOBRE EL BALONCESTO

Esta página contiene más detalles sobre los interesantes datos de este libro. Simplemente, fíjate en el número de página al que corresponde el dato.

Páginas 4–5

Preparándome El baloncesto lo inventó en 1891 un profesor de educación física canadiense llamado Dr. James Naismith. En los primeros juegos se usaban cestos de duraznos. Originalmente, cuando un jugador metía el balón en el cesto, había que subirse a una escalera para recuperarlo. Más tarde aparecieron las redes con fondo abierto.

Páginas 6–7

Qué me pongo Usar una camiseta del mismo color permite a los jugadores identificar de un vistazo quién es su compañero de equipo. Si dos equipos se presentan a jugar con camisetas del mismo color, uno de los dos debe usar una prenda de otro color, llamada pechera, sobre su camiseta para que los jugadores puedan diferenciarse entre los equipos.

Páginas 8–9

Que más uso El baloncesto es un juego rápido donde se corre mucho. Las camisetas sin mangas y los pantalones cortos y sueltos permiten estar cómodo y moverse con facilidad. La parte del atuendo más importante para los jugadores de baloncesto son las zapatillas. Son livianas, para que los jugadores puedan correr rápido, y su suela de goma evita que se resbalen en el piso de madera.

Páginas 10–11

Qué uso Los balones de baloncesto tienen una pequeña válvula en un costado para poder inflarlo si se pone muy blando. Si no está completamente inflado, el balón no rebota bien.

Páginas 12–13

Dónde juego Las líneas del piso de la cancha de baloncesto indican a los jugadores afuera de qué líneas no pueden estar parados con el balón. El partido comienza en el círculo central. Las otras líneas indican desde dónde deben lanzar los jugadores para ganar tres puntos y dónde pararse para hacer tiros libres.

Páginas 14–15

Cómo se juega El jugador que tiene el balón debe driblar, pasar o lanzar. Una vez que el jugador toca el balón con las dos manos, ya no puede continuar driblando. Los jugadores tienen 24 segundos para lanzar al cesto, o deben darle el balón al equipo contrario.

Páginas 16–17

Más sobre el juego El baloncesto no es un deporte de contacto. Si un jugador golpea o empuja a otro jugador, se le cobra una falta. Los árbitros pueden darle al otro equipo tiros libres al cesto o un saque lateral, dependiendo del lugar de la cancha donde haya sido la falta.

Páginas 18–19

Quién gana No hace falta ser alto para jugar al baloncesto pero los equipos profesionales suelen buscar jugadores altos para tener más ventaja. Los jugadores altos tienen piernas más largas para saltar y brazos más largos para llegar al cesto.

Páginas 20–21

Me encanta el baloncesto Para practicar un deporte se necesita una indumentaria y un lugar especial para jugar. También se necesita preparar el cuerpo para trabajar duro. Comer sano ayuda al cuerpo a funcionar mejor. La buena alimentación fortalece los huesos y proporciona energía a los músculos. Tomar una colación y una bebida después de hacer deporte ayuda a reponer la energía utilizada durante el juego.

AV2 SPANISH

Step 1
Go to **www.av2books.com**

Step 2
Enter this unique code

AVL46322

Step 3
Explore your interactive eBook!

AV2 Spanish is optimized for use on any device

Published by AV2
14 Penn Plaza, 9th floor, New York, NY 10122
Website: www.av2books.com

Library of Congress Control Number: 2020939010

ISBN 978-1-7911-2911-8 (hardcover)
ISBN 978-1-7911-2913-2 (multi-user eBook)

052020
101719

Printed in Guangzhou, China
1 2 3 4 5 6 7 8 9 0 24 23 22 21 20

Spanish Project Coordinator: Sara Cucini Spanish Editor: Translation Services USA LLC
English Project Coordinator: John Willis Designer: Ana María Vidal

Every reasonable effort has been made to trace ownership and to obtain permission to reprint copyright material. The publisher would be pleased to have any errors or omissions brought to its attention so that they may be corrected in subsequent printings.

The publisher acknowledges Alamy, Getty Images, iStock, Shutterstock as its primary image suppliers for this title.